Anata wo Zutto Zutto Aishiteru

Text & Illustrations copyright ⓒ 2006 by Tatsuya Miyanishi

All rights reserved.

First published in Japan in 2006 by POPLAR Publishing Co.,Ltd

Korean translation rights arranged with POPLAR Publishing Co.,Ltd

through Shinwon Agency Co.

Korean edition copyright ⓒ 2011 by Dahli Children's Books Inc.

# 영원히 널 사랑할 거란다

미야니시 타츠야 글·그림 | 허경실 옮김

옛날 옛날 아주 먼 옛날, 폭풍이 지나간 다음 날 아침이었어요.
"아이, 가여워라. 여기 있으면 누가 먹어 버릴지도 모른단다."
엄마 마이아사우라는 작은 알 하나를 주워 집으로 돌아갔어요.

"어서 건강하게 태어나렴."
엄마는 낳은 알과 주워 온 알을
똑같이 예뻐하며 매일매일 정성껏 품었어요.

며칠이 지나고
엄마가 빨간 열매를 가득 안고 돌아오는데,

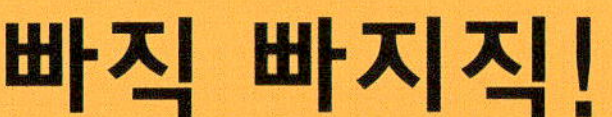

**빠직 빠지직!**
알을 깨고 예쁜 아기들이 태어났습니다.
하지만 주워 온 알에서 태어난 건
무시무시한 티라노사우루스였어요.

"커서 자기가 티라노사우루스라는 걸 알게 되면 큰일날지도 몰라……"
엄마는 걱정이 되어 생각하고 또 생각했지만 어떻게 해야 할지 몰랐습니다.

결국 새근새근 잠든 아기를 처음 주웠던 숲에 돌려 보내기로 했습니다.
"아가야, 미안하다. 미안해⋯⋯."
엄마는 마음이 아팠지만 어쩔 수 없이 뒤돌아 걸었습니다.

바로 그때,
"코오⋯⋯"

엄마는 작은 숨소리를 듣고
다시 성큼성큼 아기에게 돌아갔어요.

"이 세상 무엇보다도 소중한 내 아기. 엄마가 잘못했어.
이제 두 번 다시는 헤어지지 말자."
엄마는 눈물을 뚝뚝 흘리며 아기를 꼭 안고 집으로 돌아왔습니다.
너무나도 고요한 밤이었어요.

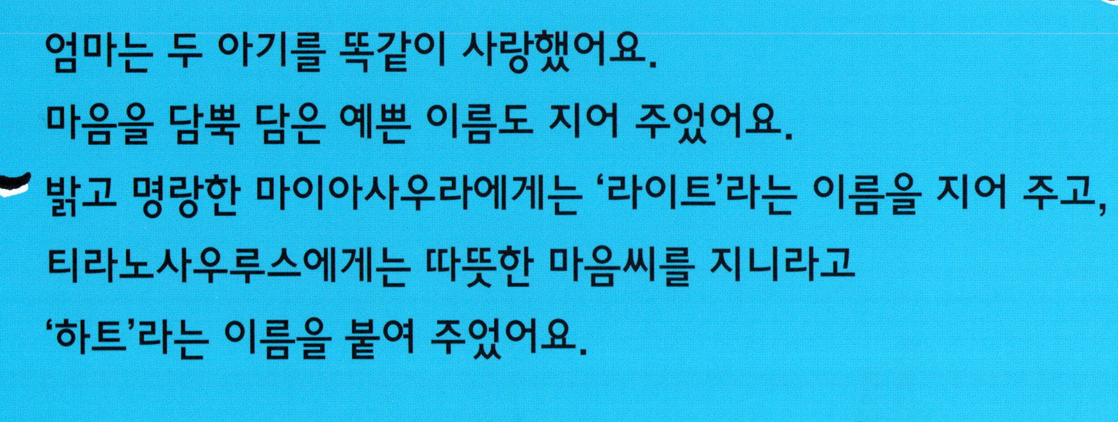

엄마는 두 아기를 똑같이 사랑했어요.
마음을 담뿍 담은 예쁜 이름도 지어 주었어요.
밝고 명랑한 마이아사우라에게는 '라이트'라는 이름을 지어 주고,
티라노사우루스에게는 따뜻한 마음씨를 지니라고
'하트'라는 이름을 붙여 주었어요.

라이트와 하트는 빨간 열매를 먹고 쑥쑥 자랐어요.
둘은 진짜 형제처럼 사이가 좋았어요.

그러던 어느 날
라이트는 안킬로사우루스 아저씨와 마주쳤어요.
"꼬마야, 이런 곳에 혼자 있다가
티라노사우루스에게 들키면 큰일난다."
"티라노사우루스가 누군데요?"
"온몸은 울퉁불퉁하고 이빨은 뾰족뾰족한 놈인데
약한 공룡들을 괴롭히는 무서운 공룡이지."

“엄마, 엄마! 오늘 안킬로사우루스 아저씨를 만났는데요.
티라노사우루스는 온몸이 울퉁불퉁하고 이빨이 뾰족뾰족한 무서운 공룡…….
어, 그러고 보니 하트 형이랑 비슷하네? 헤헤.”
웃으며 말하는 라이트에게 엄마가 불같이 화를 내며,
“형한테 무슨 말을 하는 거니? 다시 그런 말하면 혼내 줄 거야!”
그렇게 말하고 엄마는 둘을 꼭 안아 주었습니다.
“미안해, 형.” 라이트는 작은 목소리로 말했어요.

시간이 흐르고
라이트와 하트는 무럭무럭 자라서
엄마만큼 커졌어요.

"오늘도 빨간 열매를 잔뜩 따서 엄마와 라이트를 기쁘게 해 줘야지."
하트는 언제나처럼 즐거운 마음으로 빨간 열매를 따러 갔어요.
그런데 갑자기 바위산의 틈 사이로,

캬오!
티라노사우루스가 나타나
하트를 덮치려 들었어요.

하지만 하트를 보더니,
"뭐야, 나랑 같은
티라노사우루스잖아? 분명
맛있는 마이아사우라 냄새였는데."
라며 실망한 듯이 말했지요.

그 모습을 보면서 하트는 생각했어요.
'헉, 온몸이 울퉁불퉁, 이빨이 뾰족뾰족!
서, 설마…… 이 아저씨는 티라노사우루스?'
하트는 심장이 쿵쾅쿵쾅 뛰었지만, 조심스럽게 물어봤습니다.
"아, 아저씨는 누구세요?"
"나 말이냐? 누구라니, 너랑 똑같이 생기지 않았느냐."

그 말을 들은 하트는
숨을 크게 내쉬며 중얼거렸습니다.
"휴, 다행이다. 티라노사우루스가 아닌가 봐."

"그건 그렇고 넌 여기서 무얼 하고 있니?"
"맛있는 음식을 구하러 왔어요."
하트가 빨간 열매를 잔뜩 따는 상상을 하며 말했어요.

"그래? **히히히.**
이 아저씨도 맛있는 음식을 구하러 갈 참이었지."
맛있는 마이아사우라를 상상하곤 침을 꿀꺽 삼키며 말했어요.

그 모습을 보며 하트는 생각했습니다.
'뭐야, 이 아저씨도 빨간 열매를 따러 가는 길이었네.'

"좋아. 오늘은 맛있는 음식을 실컷 먹게 해 주마, **히히히.**"
둘은 언덕을 넘고 골짜기를 지나 걷고 또 걸었습니다.

숲속을 걷다가 티라노사우루스가 갑자기 멈춰 서더니,

"옛날 폭풍이 지나간 어느 날 여기서 내 소중한 알을 잃어버렸지……."
하지만 하트는 빨간 열매 생각에 아무 말도 들리지 않았습니다.
"아저씨 저길 봐요. 저기 빨간 열매가 엄청 많아요!"

"그런 건 먹는 게 아니야. 저 숲만 지나면
맛있는 마이아사우라들이 엄청 많다고."
"맛있는 음식이…… 빨간 열매가 아니에요?
혹시 아저씨는 티, 티라노사우루스?"

"너랑 똑같으니 티라노사우루스지."
"저는 마이아사우라인데요?"
"무슨 바보 같은 소리야.
너는 온몸이 울퉁불퉁하고 이빨이 뾰족뾰족한
훌륭한 티라노사우루스다."

"거짓말!
거짓말!
거짓말이야!"
"거짓말이라니?
네가 어떻게 생겼는지 봐. 나랑 똑같아.
마치 아빠와 아들처럼."

"난 마이아사우라의 아들이에요!
티라노사우루스가 아니라고요!"
캬오!
하트는 울부짖으며 달려갔습니다.

"자, 똑바로 보렴!
울퉁불퉁한 몸, 뾰족뾰족한 이빨.
너는 누가 봐도 어딜 봐도
나와 같은 티라노사우루스다."

울퉁불퉁한 몸, 뾰족한 이빨.
모든 것이 똑같았습니다.
하트는 두 눈을 꼭 감았습니다.
"아니야, 아니야, 난 아니야!"

캬오오!
하트는 티라노사우루스를 밀쳐 내고
큰 소리로 울부짖으며 뛰었습니다.
눈물을 뚝뚝 흘리며 달렸습니다.
엄마가 있는 곳을 향해 힘껏 달렸습니다.

쿠오오!
하트의 울음소리에
엄마가 밖으로 나왔습니다.
"우리 하트가 무슨 일로
저렇게 슬프게 울지?"

엄마가 꼭 안아 주자
하트는 눈물을 뚝뚝 흘리며 물었습니다.
"엄마, 나…… 티라노사우루스예요?
난 엄마 아이가 아닌 거예요?"

엄마가 하트를 힘껏 껴안으며 말했습니다.
"넌 누가 뭐래도 엄마의 소중한 아들 하트야."

"고마워요, 엄마. 전 엄마의 아들 하트예요."
하트의 까만 눈동자가 반짝였습니다.
그때 저 멀리에서 티라노사우루스가
눈을 번뜩이며 다가오자,

"하트야, 어디로 가는 거니?"
"엄마, 맛있는 빨간 열매를 잔뜩 따 올게요. 걱정 마세요."
하트는 그렇게 엄마를 향해 미소 짓고
티라노사우루스를 향해 달려갔습니다.

덥썩!
"으윽, 왜 이러는 거냐.
난 너와 같은
티라노사우루스인데……."
티라노사우루스가 괴로운
얼굴로 말했습니다.

"아니야, 난 하트야.
하트일 뿐이라고."
하트의 눈에서 눈물이
주르륵 흘렀습니다.

티라노사우루스는 하트에게 물린 채로
꼼짝도 않고 가만히 있었습니다.
하트는 물고 있던 허리를 놓아 주며 생각했습니다.
'이 아저씨…… 어쩌면 나의…….'

그날 이후로 하트는 더 이상
엄마와 라이트가 있는 곳으로 돌아가지 않았어요.
엄마와 라이트는 날마다 하트를 찾아다녔어요.

그러던 어느 날 엄마가 하트를 처음 만났던 그 숲을 걷고 있을 때였어요.
맛있게 보이는 빨간 열매가 산처럼 쌓여 있었습니다.
"하트야, 내 아기……. 이제 더 이상 만날 수 없는 거니?
네가 어디에 있든지 언제까지고 영원히 영원히 널 사랑할 거란다."
엄마는 하트가 따 놓은 빨간 열매 한 알을 입에 넣었습니다.

미야니시 타츠야는 일본 시즈오카현에서 태어나 일본대학 예술학부 미술학과를 졸업했습니다. 인형미술가, 그래픽 디자이너를 거쳐 그림책 작가가 된 미야니시 타츠야는 개성 넘치는 그림과 가슴에 오래 남는 이야기로 전 세계 독자들에게 널리 사랑을 받고 있습니다. 〈고 녀석 맛있겠다〉 시리즈 외에도 《엄마가 정말 좋아요》, 《말하면 힘이 세지는 말》, 《신기한 씨앗 가게》, 《찬성!》, 《메리 크리스마스, 늑대 아저씨!》 등 많은 책이 우리나라에 소개되었고, 《고 녀석 맛있겠다》로 '겐부치 그림책 마을' 대상을, 《오늘은 정말 운이 좋은걸》, 《누구 젖?》으로 고단샤 출판문화상 그림책 상을 받았습니다.

허경실은 1973년 부산에서 태어나 일본 나고야에서 국제경영학을 공부했습니다. 두 아이의 엄마로, 출판사에 근무하면서 《고미 타로의 색깔 그림책》, 《나는 티라노사우루스다》, 《넌 정말 멋져》, 《영원히 널 사랑할 거란다》, 《나에게도 사랑을 주세요》, 《나는 당신을 사랑하고 있어요》를 비롯해 일본의 좋은 그림책을 우리말로 옮기고 있습니다.

# 영원히 널 사랑할 거란다

1판 1쇄 펴냄 2011년 8월 17일
1판 25쇄 펴냄 2025년 12월 5일

글·그림 미야니시 타츠야 | 옮긴이 허경실
기획·편집 박소연 | 디자인 심흥섭
펴낸이 박소연 | 펴낸곳 (주)도서출판 달리
등록 2002.6.4(제10-2398호)
주소 04008 서울시 마포구 희우정로16길 17-5
전화 02)333-3702 | 팩스 02)333-3703
ISBN 978-89-5998-095-6 74800
ISBN 978-89-90364-52-4(세트)